JN126058

まえがき

人生の後半からか、丘から山へ、山岳へと登るようになったのは、ピンチヒッターであったり誘われたりでしたが、いい経験の想い出にと写真を撮ってきました。

だがいつか合わせて言葉での思い出・想い出を綴るのがもっとたのしめると思い、一番短い十七音がいいと思い、その中には引き締まった喜び・感動なり光なりが膨らんだり強く自分にあるいは皆に伝わるのだと考えるようになりました。その後から機会があるとメモ用紙と鉛筆を持ち歩きました。

ワクワクし言葉のはたらきに感謝して、いつか自己満足の十七音を、年一回の〝かりがね〟（青森県退職校長会上北支部の方々を会員とする冊子）に掲載してもらいました。それがたまってきたら、なんかもったいなくて、……こういうことになりました。途中で、俳句を勉強しなければ研究しなければいけないと思い、A社日曜版の俳句を朝の六時に起きて読み、いいもの・研究しなければならないもの・語句をノートにうつして二十年くらいか、現在も続けています。ただソレダケで、勉強はしませんでしたが、崇高で包容と美しい山岳の句なので嬉しくて、つづり……。

現在は市にあるクラブに所属していますが名前だけになっています。二年くらい登れず、思い出・想い出ばかりをメモっております。そうしながらもこれまで多くの方々に指導やら方法やら案内やらを教わってまいり、お陰さまで爽快な山岳へ繋がっていることが続いていて、感謝感謝、感謝の一杯であります。今は幸福であります。

想い出としての山岳句／目次

登頂した山
㊴
⑲
㉕
㉗
㉖
①
⑤
⑮
㉚
⑱
㉝
㉓
㉑
㉙
②
③
⑪
㉔
⑰
⑭
⑳
④
⑰
⑬
⑩
㊲
⑯
⑥
㊶
㊱
㉒
㊷
㉜
㉟
㉞
⑦
⑧
⑨
㉛
㊵
㊳
㊺
㉘
㊸

⑫
㊹

装丁／宮田麻希

山岳句

○平成11年

烏帽子岳(えぼしだけ)登る下りで落葉雪

烏帽子岳ここよりかなた冬来たる

下山して晩秋の烏帽振り返る

登山靴すっぽり埋まる枯れ葉かな（妻）

①烏帽子岳　720m　青森県　H9・11・4　晴れ

名久井岳(なくいだけ)眼下に広がり人語る

名久井岳川を望みて地に霞

岳廻り長谷牡丹園(はせぼたんえん)花宴

②名久井岳　615m　青森県
H10・5・21　晴れ

蝉しぐれつつじの径を妻と登る

階上岳(はしかみだけ)躑躅(つつじ)緑陰包みけり

頂きで枝葉揺らぎてつつじ輝く

③階上岳　740m　青森県・岩手県
H10・5・28　晴れ

パノラマに陰を落して雲去りぬ

いくたびもうぐいすの声七時雨山（ななしぐれやま）

対山に背向け眺む名久井岳

④七時雨山　１０６３ｍ　岩手県　H10・5・30　11・7・4

八甲田（やま）見えずみえ隠れして黄スパッツ

風強し雲霧裂け飛び息詰まる

残雪のしばし山小屋外を絶つ

霧の中色あざやかに石南花(しゃくなげ)かな

⑤八甲田山　1585m　青森県　H10・6・28　霧

駒ヶ岳(こまがだけ)ニッコウキスゲに声かける

エゾツツジコマクサの岳チングルマ

声かけて列も十二色(はなやか)駒ヶ岳

⑥駒ヶ岳　1637m　秋田県　H10・7・28　霧〜小雨

立山(たてやま)は初秋の唯一極まれり

秋空（そら）を突く連峰稜線に息を呑む

秋立山肝を潰して帽子落つ

マツムシ草遠来客をそよと待つ

鷹狩（たかがり）岳を走りて眺む秋アルプス

秋連山安曇野（あずみの）残し悠久と

秋の窮（そら）黒部に挑む歴史あり

秋の岳冬と見紛う山肌に

秋の日にアルペンルート三家族

⑦立山　3015m　富山県　H10・9・10〜15　晴れ

初秋(あき)の空八方尾根に白馬(はくば)聳ゆ

秋岳に岩石まるみて人続く

時止まり白馬三山秋空(そら)にあり

白馬村サマージャンプで舟木翔ぶ

岩岳(いわたけ)にマウンティンバイク時写す

帰路に就き翡翠(ひすい)峡にも秋の人

⑧白馬(しろうま)岳　2932m　長野県・富山県

○平成12年

白馬(しろうま)荘初秋をつくして酒まろし　H11・9・10　晴れ

秋白馬(はくば)今と遠くを思いけり　H11・9・11　晴れ

黒稜の秋空めざして車行く

ワゴン車の天井開けて秋斜面

鷹狩で眼下に花火旅語る

這松になお紺碧の秋乗鞍（のりくら）

剣ヶ峰祠（ほこら）の上の秋雲飛ぶ

祠岩秋雲つかむか人立ちぬ

天空に峻峰並び秋乗鞍

⑨乗鞍岳　３０２６ｍ　岐阜県・長野県　Ｈ11・9・12　晴れ

あき新穂山峡瀬音にランプ灯り　H11・9・13

米山の秋の真昼の佐渡望む　H11・9・14

秋厳美達谷窟平泉　H11・9・15

秋旅のしめて万感くつろぎぬ　H11・9・16

置き忘れ秋の一夜の時計かな　H11・9・17

秋岩手どうだとばかり雲はちまき

秋姫神（ひめかみ）狭き頂きひろがれり

姫神と県沈めて岩手山

岩場下り姫神（ひめかみ）に手貸すくるみあり

秋下山麓の大樹に杖置けり

⑩姫神山　１１２４m　岩手県　晴れ後曇り

紅葉の風登りくる稲庭岳（いなにわだけ）

すすき揺れ岳かんばに笹かぶり

秋晴れや稲庭の彼方七時雨

⑪稲庭岳　１０７８m　岩手県　H11・10・4　晴れ

八甲田(はっこうだ)麓の紅葉まといたり
登山径奥の奥まで秋の色
径々で立ち止まりけり深き紅
いくたびも夫婦行き交う紅の中
下山径紅葉かえで妻拾い
愛の鐘打ちて響けり旭岳(あさひだけ)

八甲田　H11・10・15　晴れ

霧去りて山容稜線浮上せり

旭岳噴火岳(ふんかやま)はだと残雪

初夏旭頂上一時輝けり

沼や池初夏空旭映しけり

八九(はちく)条噴煙登り岳麓

残雪と粒花の上に陽が落ちぬ

⑫旭岳　２２９１ｍ　北海道　Ｈ12・７・30〜８・４

晴れのち雨のち霧のち晴れ

○平成13年

茶臼岳(ちゃうすだけ)まとめて紫紺岳りんどう

岩に立ち紅葉紺碧めまいせり

高き地に湖沼抱きて八幡平(はちまんたい)

どこまでも紅葉なだれて岳斜面

もっこりとユーモラスかな畚岳(もっこだけ)

畚岳陽射す紅葉眺望す

⑬八幡平　1613m　岩手県・秋田県　H12・11・11　晴れ

階上岳(はしかみだけ)まずカタクリの歓迎や

春階上歩けや登れ声がする

やれ南久慈平岳を眺めたり

岳人と山岳(やま)の数々交わしけり

階上岳　H13・4・18　快晴

薄霧に桜浮かびて久慈平岳(くじひらだけ)

新緑の久慈平登り呼吸せり

スーラーの点描のごとささ葉群

久慈平の新緑にとけ小さき幸

⑭久慈平岳　７０６ｍ　岩手県　Ｈ13・５・５　薄曇り

浄らかにピンクのつつじ隠れおり

八甲田春の残雪また岳か

新緑と残雪の岳歩が楽し

八甲田山　H13・6・18　薄曇り

こぶしほど野兎三度とどまれり

緑濃き枝葉くぐりて大御堂

風雪に耐えし支柱樹連立す

平野海風うぐいすの八幡岳（やわただけ）

裏望むかなたの空に残雪山

⑮八幡岳　1020m　青森県　H13・7・7　快晴

急峻に実や小さき花歩を止める

遅歩み速くもなしに速かりし

噴火岩眺めえぐりて空紺し

六十五夏の岩手に登りけり

遠空に幾多の稜線綾を織り

八合目湧水かこみ瞬(ま)がながし

振り仰ぐ空突く尖(さき)の岩手山(いわてさん)

登下山ただ許さずの夏岩手

どっしりとどっしりと空に岩手山

⑯岩手山　2038m　岩手県　H13・8・19　快晴　岩手山縦走

○平成14年

春うらら野花連なり創遊森（そうゆうもり）

新緑と揺れる梢枝に鳥の声

ジャンケンで階おりるマゴとジバ

いまの子のズック木登り変な猿

創遊森　青森県　H14・4・20　晴

春陽に車でめざす岳頂上

テレビ塔五六(ごろつ)基ありて折爪岳(おりつめだけ)

軽米と二戸の央に折爪岳

下りして伝説五滝岳襞に

⑰折爪岳　852m　岩手県　H14・4・30　快晴

春ぜみかふきの葉っぱに手を伸ばす

ぶな林と赤沼過ぎて松森山（まつもりやま）

松森立ち赤倉残雪新緑河

二つ三つぶなの樹肌に耳よせり

⑱松森山　８０４m　青森県　H14・5・24　晴　蔦の上方

木漏れ日に誘われ歩む吹越岳（ふっこしだけ）

振り向きて微風受け眺む烏帽子岳

つつじ過ぎシシウド斜面浮いて立つ
頂上でいかをもらいしむつの人
頂でむつ湾眼下何んという
眺むれば真下耀き海が空
むつ湾の富士をこえしかこの日和
何入れよ人為要素も超えてあり

⑲吹越烏帽子　508m　青森県　H14・6・28　快晴

ふき斜面高山花々と頂

仰ぎ見る一歩も確か森吉山（もりよしやま）

一本のハクサンチドリに感嘆す

雲嶺で森吉見やって息激し

イワカガミ予感をさせて大群生

森吉山白きも紅も山岳の人

おにぎりに蝶きて止まり森吉山

山岳(やま)いかで何をしおるかイワカガミ

山や岳与えしものの多かりし

⑳森吉山　1454m　秋田県　H14・6・30　快晴

○平成15年

語らいでとちの実踏んで立ち止まる

笹くぐり水堀れし坂傷をふく

十和田湖と十和利(とわり)と戸来(へらい)望めたり

茸香（きのこか）か友の心に似たりけり

㉑十和田山　1054m　青森県　H14・9・27

秋静寂（しじま）三日月ありて金星か

秋荘窓近く大きく星河あり

秋の夜に海添いの町輝けり

秋眺望地に庄内と空月山

飛島か忽然と浮く海沖に

外輪と千蛇谷這う秋鳥海(ちょうかい)

万葉の雲湧き上がる秋鳥海

海霞む彼方の男鹿か蜃気楼か

鳥海と秋の星河に湯とお膳（妻）

㉒鳥海山　２２３６ｍ　秋田県・山形県　Ｈ14・９・９〜11　快晴（鉾立山荘から）

ブナ林に水声聴いて山に入る

何度めか小渓流の石渡る

草葉陰ギンリョウソウを見つけたり

頂にあれかこれかと水を飲む

白地山（しらじさん）湿原展け救われる（妻）

立ち止まり花の名前で笑いけり（妻）

苦しさか奥深きかな夏嬉し

㉓白地山　１０３４m　秋田県　H15・7・12　曇（和井内口から）

黄と白と紫の花揺れにけり

眼下かな稲田と街の大河なり

どの経も人のスメルを吸い取れり

頂かこの世の人の秋浄土

名久井岳　H15・9・17　晴

○平成16年

秋冷えや案内柱の数字みる

雨の年枯れ葉ぬかるみ靴沈む

程なくや紺碧に映えブナ紅葉

四角岳三県の岳望めたり

光入れ雲山さらに秋の空

㉔四角岳　1003m　青森県・秋田県・岩手県　H15・10・5　晴

樹々芽吹き登る楽しみ里高森

靴そばにすみれカタクリ一輪草

人音に鳥影飛びて居を思う

悪天候さし引いてなお春の尾根

湯ノ島に浅虫の海上るごと

山神に吹かれ追われて山仲間

春展望海空風の海岸線

春ながら秋の彩り予感せり

㉕高森山　386m　青森県　H16・4・20　曇・突風

新緑はそれ桜かなそちこちに

春光と深きブナ林句を詠めず

中腹か岩木八甲田街と海

レール跡堀削岩肌静まれり

花々に残雪せせらぎ鈴音色

強いずともこの岳もまた人ひとと

花々や歳頃（としごろ）ありて岳風情

薄緑静かに斜面這い上がる

㉖東岳（あずまだけ）　652m　青森県　H16・5・2　晴

夏湧水二杯流して小岳見ゆ

山岳（やまやま）の初夏花見惚れ人押しぬ

初夏登山角度高低目の泳ぎ

食いしばる娘リュックも心泣き

山岳（やまやま）ははいどうぞとは奥みせず

八甲田眺めは小岳（こだけ）で極まれり

八甲田山〜井戸岳

眺むるは初夏小岳より八甲田

短かくも険しくもある互い夏

接点か岳の魂見える如

⑤小岳　高田大岳（八甲田山〜井戸岳）１４７６m　青森県　H16・7・4　晴

○平成17年

スカイラインリフトに揺れて岩木(やま)迫る

初夏雲の真横を去りて八合目

初夏砦越えて張りつきなおもなお
笑えるか東京の客蟬となり
ヨウシヨウシシリシリと石碑蟬
だがだがだ造り歳月汚たならし
崇(たか)き初夏津軽眼下に気宇を受く
そは何ぞ何の例証(たとえ)が似合うのか
在るものをまとい生かして大いなる

鎮魂の鐘の響きよ小暑かな

どこからも津軽の空に初夏岩木（いわき）

㉗岩木山（いわきさん）　１６２５ｍ　青森県　Ｈ17・7・7　晴……薄曇

夏車窓優雅な姿大き山

夏大山（おおやま）初挑戦にゾクッゾク

蟬競いめざすは見えず道には陽

登りては芭蕉憶う径もあり

溶け入りて妻登りくる幾度待つ

静かさと動悸と呼吸夏の斜度

対山の濃淡ありてこち静寂(しずか)

中腹や地響き恐怖(こわ)き岳の雷(らい)

命取り来たか地響き逃げ場なし

登り登り下り登りも夏九十九曲(つづら)

陽の陰り暗さ漂う大山よ

荷置きてもうかまだかと汗タオル

大山も夏と汗とで破れおり

慢(あなど)れし八甲田よりは間違い因

大願や成就の刹那相模湾

大山か登れど夏の泣き笑い

うつ蒼の深く深くて夏大山

カキ氷ビール呑みする人助け

忽然と阿夫利(あふり)の社輝けり

丹沢の山塊一角そ大山

尾根求め石転がして下山膝

㉘丹沢山塊の大山　1252m　神奈川県　H17・8・23　晴……薄曇

○平成18年

秋玉川噴霧立ち熱湯の流れ

噴口の娑婆湯柱に後ずさり

宿湯治火山砂土に耐えおるわ

硫黄臭岳階を追い来るか

しばらくはブナ根岩石秋葉群

名だけ名残焼山毛せん国見続く

峰の径リンドウ咲きて唄が出る

秋晴れ越え浄土みやげの多きこと

膝いいか玉川後生掛（ごしょがけ）秋ぞ行け

観せたきや秋白き偉容あれらをぞ

㉙焼山(やけやま)　1366m　秋田県　H17・9・29　快晴

ブナ林の根を張る峻の秋挑む

ぬかるみ跳ね頭打ち滑る谷地ルート

足を張れ覚悟の秋ぞ三時間

足下から紅葉海原みはるかす

紅葉の彼方の空に登る如

食べられない茸のみごとさよ

高田大岳(たかだおおだけ)　H17・10・5　快晴　谷地ルート

白神岳(しらかみだけ)大いなる山塊秘境

夏白神砂粒にも及ばぬか

越えも越え移り下りも夏のブナ

夏岳に小気味良い風這い上がり

夏頂上風と眺望花が揺れ

夏白神人の忘れしめった打ち

登山(やま)仲間円熟会話に夏の酔い

谷底に清流つくり夏のブナ

念願と遂(つい)にの白神語り継ぐ

覆うブナ視界が霞む緑宇宙

㉚白神岳　1232m　青森県　H18・8・11〜12　薄曇

○平成19年

登山口薬王院の碑塞ぐかに

石塔の苔巨木杉空押し上げ

確かめる初冬サザンカ咲きて笑み

なむいづと百八段を念じるか

珠燈籠浄心門善戒ずすり拝

師走かな都と山脈立ち眺む

㉛高尾山（たかおさん）　599m　東京　H18・12・25　薄曇り

一言ぞ冬の汗しむ息を吐く
冬の径労交わす言霊か

階上岳(はしかみだけ)　H19・1・4　薄曇り

気仙沼つつじが原まで友心
数日をつつじに魅かれ登る女(ひと)
案内す友の気持ちのつつじ咲く
丈越えしつつじを歩みつつじかな

百十町つつじ爛漫徳仙丈山（とくせんじょうやま）

新緑や本堂読経正法寺

㉜徳仙丈山　711m　宮城県　H19・5・23　晴

八甲田残雪残る他に勝る

チングルマ星座の如くなだれおり

待ちし山手合わせ垂れる人が居り

八甲田山　H19・6・19　晴

この蟻ぞ新緑登り七時雨山（ななしぐれやま）
去りてなお新緑に立つ七時雨
山岳（やま）くだり不動滝まで友の案内（あない）
赤いひも標示ありての登山径
陰の径乾きやらずの七転び
古希の秋支える竹の雛岳（ひなだけ）ぞ

七時雨山　H19・6・11　晴

八九(はちく)合田代の眺め祝うかに

雛大小岳大赤倉の眺望

風変わる秋雲引いて大連山

老人がさらなる老いと秋交わす

滅すれば岳の抱き感受せり

八甲田山　雛岳　1240m　青森県　H19・10・1　薄曇りのち……

○平成20年

祝いかな動けぬ斜度の雪に腹　H20・3・6　名久井岳

似たるかな翔ぶか走るか残雪龍　H20・4・16　階上岳

目を射たる陽に輝きてふきのとう　H20・4・16　名久井岳

春なのに鳥居境が雪の径　H20・4・28　階上岳

手袋ぞすみれの脇で主を待つ　H20・4・28　名久井岳

急がずや十とせの春か岳祠　H20・5・3　名久井岳

日陰にてそっと散るるもすみれかな　H20・5・3　階上岳

春の斜度吸う吐く息に何籠もる　H20・5・8　名久井岳

なだらかに果樹園の花岳めざす　H20・5・8　階上岳

春暁ぞはや下山者のどさどさど　H20・5・16　名久井岳

何嬉し他力自力も汗の華　H20・5・16　階上岳

分らぬが今年の春の斜度を生き　H20・5・28　名久井岳

すみれかな放屁の後に女居り

大の字や頂の空春放心

葉も巧緻風と光に春の揺れ

この対象大気紺碧新緑層

新緑を小学生群登りくる

山鳩の鳴くを真似せる友憶う

藤の花ゲロゲロゲロロ登山口

H20・5・28　階上岳

蛙らと草野心平隠れおり

山菜の見えて詳しき人に遇い

笑ったぞ鼻くしゃみにうぐいすが

岳蝉や蛙のように鳴きやんだ

熊出るか鈴杖頼み戸来岳（やま）に入る

静寂に連れ岳男となる戸来

踏みし径左右の笹も刈り込まれ

花小さき桜木がそれと友の腕
大駒（ケ岳）はイチイの主が鎮座せり
遠近に岩木十和田湖の山界
三ツ岳といわれし姿秋聳え
小さきけどナナカマドの実輝けり
この時ぞ秋空歩く昂然と
親しきは三ツ岳からの眺望をして逝ったか

日と刹那登りし者の大叫ぞ

秋晴れに万億の山岳(やま)の起伏かな

秋咲けど瞠(みは)る愛(め)でるは我にあり

秋なるや名久井階上八甲田

三十回が適いそうな秋の空

㉝戸来岳（大駒ケ岳　1144m　三ツ岳　1159m）青森県　H20・9・16　晴

○平成21年

知らぬ地でアメくれし老い下車別れ

朝まだき乗り換え旅情弥彦かな

弥彦山（やひこやま）雨霧隠れはなかろうに

程小屋でもてなしの人水を汲む

濃淡の山霧と在る樹々姿

里見での薄くなりゆくされど霧

二度三度霧の山百合咲きており

七合目御神水湧きいて屈みこむ

九合目遇いて憑かれて霧の径

参道の霧のアジサイ色移ろう

海佐渡も越後平野も霧となり

奥の院霧をまわりてバナナかな

刻はやしシャッター来たらず霧で待つ

霧去りて語りて下る賑わいぞ
越後とは京より遠い国という
越前越中を緑蒼も聴き
後ながら息のむ弥彦に参拝す
女神住む荘厳響韻の境内
飛翔すか弥彦のそれぞ立ち疎む

㉞弥彦山　634m　新潟県　H21・7・31　薄曇から晴

兼続（かねつぐ）の弟籠りし天神山（てんじんやま）

兵の胸奮るわせたる物見台

かにかくに時は流れて稲平野

下山後の走り穂越後を歩き暮れ

㉟天神山　234m　新潟県　H21・7・31

秋間近かいつもの仲間山岳めざし

ブナの岳涼のせせらぎ立ち登る

ブナ女神新渡戸の欅を連想す
東西に秋かの眺望昼の顔
季をどれに全山ブナの尾根歩く
空からか見上げし岩か降る滝ぞ
径ありて滝の数ほど見入ったり
色無かば我らが目にはまだ夏か
女神岳(めがみだけ)鮮やか記憶稔りゆく

㊱女神岳　９５５ｍ　秋田県・岩手県　Ｈ21・８・30

○平成22年

秋中腹の安堵上わくわく

天聳る迫る稜線秋広重

名の由来立ちて両手が秋に溶け

秋晴れぞ三ツ石山に人盛り

秋期せず下り登りも径ゆずる

秋光か湿原山荘も賑わい

㊲三ツ石山　１４６６ｍ　岩手県
Ｈ21・９・27　晴

ビルの山抜けて空澄む筑波山（つくばさん）
筑波石庭に嫁いで秋役は
秋分岐誰か来ぬかと大樹の根
若者ぞ抜きて消え失せ日の陰り

三千の誕生背負いて秋筑波

女体男体筑波一山の耳

ゲコ（ガマ）と蛇ありがたがられて
店におり

関東の筑波の山は秋画なり

㊳筑波山　８７７m　茨城県
H21・10・9　晴

光造よ見せよか登ろか一周忌

半島の大倉山は梅雨豪雨
大倉(おおくら)は御霊抱きて登れずなり

㊴大倉岳　６７７ｍ　赤倉岳　５６３ｍ　青森県　Ｈ22・6・22

雄大美その結実の夏登山
かけことば仲よくいいね夏登山
供の鈴仙人岱(せんにんたい)水涸れかけて
数々の祈りを込めし祠涼

霧が去る井戸岳習い胸を張る

ガス事故か夏姿なし小屋十時

登山数短縮されきて四時間半

八甲田　H22・8・17

○**平成23年**

五月の奥多摩ケイタイなしではだめ

止められる御岳大岳五月夢

孫たちがすべて解消五月晴

山岳消えて車窓の屋根のカワラ状況(さま)

㊵御岳山(みたけさん)　929m　東京　H23・5・6〜　晴

登りたや残雪新緑山一周す

八甲田山　H23・5・23　薄曇

春画伯の絵か階上岳(はしかみだけ)

胸躍る春の奏でか頂上へ

初登山うれしうれしや春も春

叫びだし何歳までも登ること

大明神つつじが原におりてきた

山岳ぞ失いしものの裏返し

愛されて親しまれての春階上

階上岳　H23・6・6　薄曇

八甲田草木夏を手放さず

越えし岩足をもどすな夏が泣く

侮るな見える頂上見えぬ山

石ころで転倒しそう危機の危機

休憩所故郷（くに）ことば飛ぶサミットか

秋登る準訓はしろ山祠

登りは呼吸下りは膝と斜地

汗からと耳目に入る確かと得よ

外つ国の高き山山神々（こうごう）し名（な）

甲田姿大地守りて夏と秋

転がり込んだものは不在となる

十三年も労すると中光る

嬉しさを耐えて踊らず秋の山岳（やま）

八甲田山　H23・8・28

○平成24年

緑層谷吊り橋の上シャトル中

羊歯の群生幻想的

ワカオイをなぜか初恋笑いけり（きのこ）

ブナ林か岳の放出その充満

明るくも雨の日選ぶ登山かな

真昼岳（まひるだけ）雨の中途で謎解けず

真昼岳一座の子細温泉渦

㊶真昼岳　1059m　秋田県・岩手県　H23・6・21　曇から雨

雪の宣っげ同時の苦渋岳慮なり

祠鈴孫を祈りて雪の岳

階上の雪に心身一脱皮

大地は雪が描いた地上の絵

いよいよぞえびのしっぽの風キララ

山岳人の疲れたせりふ喜びぞ

新緑に永遠（はるか）の光降り注ぎ

新緑や山岳にあまたの友がおり

頂上で孫に知らせる初携帯

春の山岳（やま）紙とペンでサマになり

階上岳　H24・2・16

階上岳　H24・5・27

汗一歩一歩ぞ平地まで

意欲に祝い風ぞ下山者笑む

汗もあり山岳の真実悟道かな

八甲田山　H24・8・21

○平成25年（登れない年……）

吹雪かな緑と紅の山岳浮かぶ

（冬期）

冬期間酒と肴に山岳姿

何を外眺めなしホワイトアウト

山岳一歩三個ストーブ見詰めおり

うましかな組まず泰然冬山岳

冬快晴甲田連嶺目玉剥（む）く

半年か除雪除雪の山岳遠し

癪じゃない冬山行くな春夏待て

発泡酒山岳雪少し溶かしたか

強突風大山鳴動このことか　階上岳　H24・4・8

岳揺らぎ怒りか悲鳴燃え盛る

なにもかも冬を耐えての美の披露　H25・6・10

光りと緑啼き声と静寂

下山者の山菜脇に鈴響く

全機能動け働けヤマ男

山岳樹齢百五十年春仰ぐ

嬉しくて即興二句をそっと声
神頼みされど山岳は秋空ぞ
空のこと互いに過ごす山心
敬老日十八号の特警ぞ
呑む喉に集中豪雨の街となり
晴れなるか我の祭りは大岳に
交わしたが大岳納め去年(こぞ)となり

H25・9・17

H25・10・6

秋シーズン登れずの齢大岳(やま)遥か

折々に眺め的なる木の葉髪

もろもろは付与大岳(やま)は紺碧に

山岳あれど憶いに浸る越えし越え

山岳山岳ぞ露の身のまだ黙示録

○平成26年

㊷愛染山(あいぜんさん)へ　1228m　岩手県　H26・6・17　薄曇り

岳麓に嶺緑仙人箱根越え

釜石と住田境の愛染山

狭き作業道見えぬ緑谷底

みち車可能山脈奥奥秘

出陣の着替え装備に蝉時雨

リーダーに笑顔を締めて徑に入る

蝦夷蝉や登るにつれて音色冴え

難難の足場把えて踏む力

山草と笹と樹林帯と抜け

緑香か柔土急にロープの多

急登か二歩さがりずつやれそろか

風化の碑愛染山の名の由来

咲きはまだ想像だにも石南花群

皆と下り至福の続く徑なるか

五葉山(ごようさん)ぐいとおいでよ飯賑わい

下山こそ覚悟を据えろ愛染山

始夏下り三歩滑り危険自覚

急段差友巻き込みて一回転

呆然後斜面のめがね腹かかえ

帰路一升風恋橋から滝観洞(ろうかんどう)

春にしろ平地も山岳も道心(みちごころ)

夏にしろ狐狸（きつねたぬき）は山岳に居ず

秋にしろ人へのあれは山岳に無い

初夏なりし山岳の燦然魅かれたし

山岳人ぞあの心なく緑の行

夏山岳か法門の如し徑登る

正行脚心所を滅し夏の山岳

山岳人ぞ夏困りしを助けこそ

久遠かな山岳の山岳なる汗の行

○平成27年

鎮魂

観測も瞬時の噴火その様相

奪ったかあの噴火清き生命（いのち）を

友身内打ちのめされし悲鳴響

活火山の亡（ゆ）きし岳徒の御霊かな

悲惨かな永遠峰巒(ほうらん)に鎮魂祈

御岳山(みたけさん)へ

とにかくに頂上社(やしろ)御嶽神社

岳徒学徒楽徒の緑(りょく)天空

生を出で天空の生にどっぷり

参道宿坊緑のマチュ・ピチュ

詣数大小講碑古(こ)を語る

東京　H27・6・22

緑天空霊場ありて修行かな

四年後のかないて皐月御岳山（みたけさん）

奥の院へ

巨木杉ナンバーありの融和かな

緑隧道登るに己の身を任す

慌てたぞなくしたペンが左手に

檜のまた林立美に感嘆す

奥の院三人声に登山劇

鍋割山（なべわりやま）へ　１０８４ｍ

四人かな小紫陽花に迎えられ

鍋割は樹々三美女に話されし

あるがまま歩く登るの陶酔ぞ

天空の緑長城のまた遥か

大岳山（おおたけさん）へ　１２６６ｍ

五感と体力消耗振り返る

緑中に岩場急登鎖あり

檜から真っ直ぐ高くを学ぶか

頂の眺望皆と寛ぎぬ

越えし来て天空での賜りし

○平成28年

名久井岳引きあげられし残り紅

時と空(くう)垂れくる幸か残り紅

名久井岳　H27・11・5　晴

㊸鋸山　330m　千葉県　H28・4・7

浜金谷(はまかなや)雨具となりてまだ迷い

十和田から遥遥(はるばる)来しも雨房総

断崖の山容望む緑大雨

断念かたばこと濡れし春荒雨

時間待ちロープの人に雨桜

雨覚悟選びし斜路に迷いつつ

山頂の三角点は濃雲底

富士や海視界消滅山悲哀

雨下山分岐石段双六斜路（じ）

阿羅漢の鉢の中より雲雀かな（小林一茶の句碑）

幾羅漢群寺大仏も雨師か

鋸山山麓
のこぎりやまさんろく
Nokogiriyama Sanroku
鋸山山頂
NOKOGI

漱石
子規
鋸山探勝碑

桜ぬれ漱石子規の探勝碑

能救無量の幾百羅漢崖山

皮肉にぞ春の鋸（のこぎり）山雨幽霊

不安かな雨石段の前後消え

新緑雨鋸山のエピソード

鋸山か日本寺雨無惨

登山かな春のどしゃぶり徒桜（あだざくら）

後の春アブナイ事で孫苦渋

○平成29年

立夏かな博多太宰府宝満山（ほうまんざん）

光り背に戒欲知善無し登る

葉衣に心（こころ）霊験宝満山

里他心抜苦与楽の初夏の山

人生の登りとなるか宝満山

㊹宝満山　８２９ｍ　福岡県

幾重もの緑径登り古霊峰
緑陰ぞ並べしものか石の段
分岐点スズメ蜂にか水瀬音
底の底木漏れ日落ちて緑模様
間をおいて湖水二つに空緑樹
足止まるすばやく百足（むかで）通りゆき

また鳥居汗か呼吸かチョッキとる

頭上緑なだれなだれてつぶされる

かくしやくか杖一本が抜きにけり

史跡と湧水で話せし笑顔あり

鬱蒼に百段がんぎありにけり

世の人の見付けぬ花や軒の栗（芭蕉の句）

男坂下山は骨で還れかな

眺む間もガイドのごとく径教え

急ぐから迷いと同じ山岳（やま）細みち

二つめの探して至る仏頂山（ぶっちょうざん）

天地象石石祠（ほこら）届み伏す

時の時頭巾山（とっきんざん）城跡見ず

時空かな三郡山（さんぐんざん）を拝すこと

眼下かなみはるかす南国の初夏

㊹仏頂山　869m

㊹三郡山　936m

乾坤一擲（かんこんいってき）避難径を下山

濃緑急斜岩石カワラ飛び

緑陰ぞ岩石痛のなお哀れ

テープ消え尾根谷底に迷い落ち

迷走の昭和かケイムショ奈落か

葉色失せ生を問わるる幾山襞

恐怖凍骨となりしを笑えるか

歩幅なく近くか逝くか緑の消え

恋し来て溺れし山岳の初夏山夕

径道を歩き暮れけり三つの山岳

ひきずりて奥の奥より現世かな

○平成30年

雲取も泣き虫も諦めての夏

中央線八駅八山夏にあり

猿橋（えき）近くが決めての夏百蔵山（ももくらさん）

富嶽十二景七番雨の百蔵

無心なりとにかく楽しきどの山岳（やま）も

雨なれど山岳に登れし幸思う

山岳（やま）にあい人に別れで何を知る

山岳なんぞ人生なんぞ己なに

山緑雨なんで来たかと山岳の問い

駅から歩いて行ける

楽しみは有限無限夏山稜

雨静寂詩句となるか百蔵山

風雪に耐え来し夏の緑傾斜

ロゴスからバトスとなりし夏雨山岳（やま）

小雨かな下山まで腰降ろせず

夏雨か千古不動の甲斐の山岳

桂川登山口まで長急登

昼までと何をも受けて雨を吸う

幾万ぞそれ人への人になる

尊きか信仰修行天空花

天空花われと共に小雨濡れ

終え下りオランダ坂の二度倒び

小雨夏思い出みやげの百蔵山

世辞言わずおとしめ言わず生きた山岳

雨に濡れ骨化齢（よわい）の足下見る

雨止んで岩殿山を眺めやる

㊺百蔵山　１００３ｍ　山梨県　Ｈ30・7・7　登山中小雨

○令和元年　登れなかった年

冬期間飛び来る山岳（やま）の語り合い

冬山岳ぞ雪崩と凍てに留まれり

雪山は危険殺気の未踏なり

力なしアルバム飽かず着ぶくれで

山岳行けず酒のしもべか雪語る

庭花を愛でて懐かし山岳(やま)記憶

光緑と風雪雨との山岳なるか

近き山岳登りたき人春にあり

人とふれ心あたため初登山

憧れて登れずの山岳いくつかな

登山径名句名歌の夏一考

登山後の名湯浸る極楽ぞ

山熊に遭わず了えきし春夏かな

山岳は途中が学び夏人生

達成の夏の喜しきこれ人生

緑地帯越えて山頂涼風なり

秋とする山岳（やま）の憤怒に老いにけり

秋ふりむく山岳（やま）は名所旧跡

読書登山家事の秋万感

ロープウエー有無も彩うつり

旭岳富士宝満山は遠かりし

足腰の弱り自覚で秋が過ぎ

避難下山まちがえの絶望あり

登山口から頂上までの変化

季節天候色彩の好機

○令和二年　登れなかった年

友のあり山岳（やま）への記憶春日和

共々に歩行キ押す二月かな

春雪か両手を押して山脈（やま）眺む

雪消えし胸の山岳山岳遥かなり

春かなし山岳語りての会費かな

ニュースかなお山開きも霧となり

山岳も里ビールにカルピスが傍（そば）

来たのかな歳の自覚に山襞雪

出羽三山行程表みる五月末

不要不急外へを控え夏となり

一登山七日長生き過去の夏

人生か一二度（いちにど）咲けば山岳桜

猛暑かな頂上涼風また思う

山の日かコロナ禍消えろ空晴れて

登山かな人生も時への挑み夏

未知だから楽しき挑み夏となり

夏低し親しみ抱きて登りしか

常無言たかくも深く夏の山岳

つぎつぎと人垢落ちぬ山岳苦行

とび込んだ久住山（くじゅうさん）標示の息子たち

二の三の人生なりし秋山岳望む

山岳急峻壮大なる秋天空

なりゆきか生き延びて冬山岳二つ

白鹿を飲んで越してぞ山岳想い

箱根駅伝ほらほら山岳が蘇る

また食うか山便利帳見るの冬

冬テレビ登った山岳名あてている

山岳行けずちびりちびりの鳩正宗

共白髪冬小屋二人の山岳リュック

短篇

山岳（やま）への旅

小中高と一緒だった達也が、あまり姿を見せなかった五島柊三に何度めかの電話をいれていた。

「小中までの傘寿祝いの会をやるから是非是非参加して、それにこれがひょっとして最後になるかもしれないから。みんな君に会いたがっているし、誘いの係をさせられたし、七月はまだ気候もいい。必ずな」

「いや、参加できないと思う。会費とかではない、一日を二回で生きている弱りながらの僕だから……」

「何それ、参加してよ」

「さぁ、その日は十五人を前に、趣味の話をしなきゃならない、一日二回は後で話す」

「やりくりしてさ、個人としても話をしたい」

「遅れて途中からになるけど、いいのか？」

当日まで達也は友人達や実行委員たちに、

「柊三は必ず来る」と自信に満ちた会話を続けていた。

同期会とは別に柊三は、北の十和田から南の福岡、博多や太宰府そしてねらいの山岳へ旅立っていた。高一、二で科学と物理をともに学んだ大久保忠昭とは親しかったし今も親しいから電話をいれたら、山岳をなめるなと笑っていた。

南国の暑さを心配したが、福岡は美しい素適な街並で快適だった。憧れの登山をスムーズにできるよう、到着して関係する電車の時刻とか接続を調べたり、その後、手入れされている新緑の街路樹を歩き回り外国へでも来た感じになったり、各駅構内の移動とかを確かめたり、乗り換えを聞いたり数多い西鉄線とか、ラッシュ具合を聞いてメモしたりホテルの人からは様子や評判を伺ったりで、目指してきた一つの宝満山へ動けるように整えて二日過ぎていた。

普段は一時間、最悪の二時間のロスを考えて早朝に駅にむかうことが多いけど、駅へも山へも接続がいいので、ゆっくりの朝食で、コーヒーも飲んだりして七時三十分ごろ馴染んだリュックを背にして柊三はホテルを出た。

混む電車とは逆になっているからリラックスしている柊三である。九州全体を治めた太宰府には一時間くらいの、「すぐ」といってよかった。「歓迎　太宰府」とか、「歴史と詩情豊かな太宰府へようこそ」という看板が駅前に二つあって眩しく心を軽やかにしてくれてる。地図で調べていた天満宮の方角に「……孫が勉強を好むように、出来ますように」と老いの頭を垂れて、その後、市のシャトルバスが来るのを「今回は燦然としている歴史を学ぶためではなくて、ただ、ひたすら、登山のために訪れている」とうろうろして待っている。

お腹が何か変だが、バスが来て置いて行かれたら泣くに泣けないし、取り返しがつかないし、代替もないし、便意をもよおしたことを喋ることもできないし、孤立での窮地だが、いい風情を撒き散らしていなければならない、幸福のようにみせて実はつらいのだ。ロータリーの中央に進んでシャッターをきったらシャトルが来て乗る。バスに揺れながら眺め、眺め、緑豊かな南国に嬉しさを押さえることが出来ず擦過するものを貪り眺めるのみだった。

到着した神社前の駐車場が二段に広がっている。柊三はトイレが見当たらないからリュックを道脇にすてて、竹藪にかけこんだ。ここまでは、洗濯屋さんのためのオモラシだからお許しを請うが、何か空疎なってしまう。

降りた人々の最後にはなったが、岩や土ではない樹海の上に樹海というそんな芸術感をいだかせる不思議で美しい奥深さと天空までの南国の山岳を背に、正面に鎮座する竃門（かまど）神社へすすみ、心中、「旅の途中なれば」と小銭を少しころがせた。新幹線グリーン車とジェット機……で遥々の到来なのだからと付け足している。

そうそうに掃き清められている境内を左に進んで登山コースへ向かう直前に、どこかの山岳部員が説明を受けたりトレッキングに勤しんでいるのをそうかと思いながら、よくぞ一人ながら決意して出てきたと自分をふりかえって、家のことを想起しては苦笑する。

八戸を挟んで名久井岳や階上岳、県の真ん中に象徴の如くに聳えて四季を見守る八甲田山や……東北の山岳に親しんで過ごしてきた柊三が、一日二回の生活に落ちぶれて衰えを拭いきれず、確実にそれが増していた。体力を考えれば山に登れる機会もあとわずかで、山との決別のときも近いという悟りを秘めて年を越し、秘めて決意していたこの山岳旅に挑んだのだった。ガイドブックを読んで研究もし、市街地とか現場の判断のための図面もみたうえでの決行なのだ。

「よく決意して来たな」

柊三はいつもの癖を呟いて、ゆっくりのスタートだったが、山岳のもろもろが迎えてくれて、ただに転倒せぬように立ち止まり、樹木の多様な緑を見やってうれしくなりながら登り初めている。登れる自分に感謝しながら登る。そうしていると大久保忠昭のことが浮かんだ。理科学が得意だった。が彼と意見交換を繰り返していた頃、柊三は、高校時代の三学年で、姉の影響もあって文字での表現にも興味を抱いて少し片足を突っ込みはじめていたのである。静寂がそうさせてきたのだろう秋の放課後の想起。

「化学や地学や物理や生物をやさしくいうと理科とかを勉強してきてよかったな、柊三よ」

「そうだよ、でもね、僕は文章表現はね、そういう世界はね、理科学が基本で根底にあると考えているんだよ。その上部にある情緒、表出している美、感動を揺さぶってくる環境や時節を、人々は感じ取っているよ。だからこそそのうえで、読者という人々に感動なる感動、喜び、幸せ、生きがいなる生きがい……それを放っているのではないか。その根底をどうとらえるか……」

「おいおい、まてよ柊三君よ、理科の柊三、いつから君は短歌を勉強したんだ？　俳句とか詩にもひかれてきたようだけど、気づいてはきていたが、悪いけどその分野は心情ではないのか、生きてめくるめく心の深さとかあたたかさとかが基本ではないか」

「でもいい、理化学がずすりと横たわっているんだ」

「何いってるんだ、その根源的一端が感動とか喜びであったり、そうして生きて働いて生きて生きて働いて、また人生の意義を手探りして、そういう内面経験や蓄積や心の中の煩悩とかが基本になっているのではないか。複雑になって表現の領域が忍び込んできて、多種多様になって……」

「おもしろいが僕はね、議論とか話をもどすよ。そういう領域は、自然現象が厳然とあるが、それが齎しているからと考える」

「とにかく、生きる喜びとか美しさが人を豊かにして励ましているのではないか」

以来、集まりや個人的場合にもそういう議論をしてきて、ついには白熱したり、呆れたりの関係だったのだ。

無事に登下山できますようにとも祈って、これだって理科学などがしっかりしていないとできないぞ、学びや感動をささえているのだぞ……と。中腹からさらに上を目指した。最近、それは表裏の関係かもしれないと柊三は弱気になってもいる。

「よく決意して来たな」

ただ、九州は長崎とハウステンボスしか訪れたことがない柊三であるが、「便利さは何の学問だ、それに甘えてやってきたのだぞ、オオクボよ」となっていく。

この山岳の岩間は狭い処もあるが整えられた石段が随所に続いて、奉仕か永い歴史に起因する徑か道かと考えながらも、一歩一歩と登るごとに嬉しさが込み上げて、緑陰と木漏れ日に浸っては更に今ここでの行為が喜びになる。

女性は結婚相手によってどこへでも嫁ぐのだが、柊三は現実、ここ宝満山に婿入りしたようなものだと自分を笑ったりして進んでいる。ただ、九時から竈門神社前を歩き始めたのは遅い時刻で不覚だったと不安が襲い、それを小石に縮小して、どこまでもこの地は交通の便がいいからだったと慰めのように呟いた。……すべてに見とれ立ち止まり脇に数歩入ったりするから、もうシャトルバスでの人々の姿は全く見えなくなって、むしろ下山者とのすれ違いが多くなる。

「……まだでしょうね」

「そう、でも頑張って」

傾斜を登っていく、殺生禁断碑を過ぎた。山岳の中腹に吉田屋敷跡が現れて驚く。そこで出会った男性と言葉を交わす。美しさと特有の空気を言い合ったが、彼は自分で作った杖をついていてやはり問うてきた。近くの人だろうと思う。

「どちらからですか」

「えっ、北、青森?」

「ほうほう、で、何歳で」

山岳での成り行きでの会話になり、癒され慰められ励まされていく。

「ほうう、八十歳、僕は七十七歳だけど、そのくらいまでは登りたいな」

休み過ぎると立てなくなるから、柊三は、汗ばんだ背中に汗ばんだリュックを背負って歩きだす。が、あの二人はこれまた稀だろう百段がんぎの中ほどを過ぎている。

登る登る登る、焦らず急がず登る。中宮跡とか西院谷とか羅漢道は見なくていい、ひたすら八十歳の身を楽しませて登り続ける。細くなだらかで一呼吸の徑を過ぎる。

もう、男道とかの案内があって何故か八合目か九合目あたりか、頂上が近くなって展望を期待しかけた時だ。

世の人の見付けぬ花や軒の栗

芭蕉とある。何故こんな処に芭蕉の句があるのだ。解説を読みながら不思議に思った。

それよりも、この辺りから山の様相は一変してきた。というのも岩肌が剥き出しになってきて一歩ごとに足場を探して選び、右手に樹木の梢はあるものの崖っぷちのゾクゾクだ。滑りそうで進めなくてへばり付くしかない状況になってきた〝男道〟なのだ。危険だと言い聞かせる、身体のバランスは四つん這いになって、その繰り返しに柊三はわなわなとなった。

「ここは下りたくない、下山したくない」

身体も強ばるようになった。

「……ここは下りたくない、転落死したら全てがパーだ、樹木の先端に引っ掛かり何かの餌になったりカラカラになったら、バカとか笑いの種になる水泡だ、バショウ様よ」

……露命かもしれぬが、山頂という天空に向かっているはずだ。柊三は慎重の上にも慎重に四つん這いを続ける男の山岳ミチ。

恐怖を抱くようになる心魂を鎮めて、「今回の登山は蘇生だ、精彩だ、襤褸になるな」と嘘笑しようとするが縮み上がっていたのだ。

そうして柊三に、やれやれの相好が蘇ってきたではないか。特設の階段を登り終えたら、小さな上宮が伊勢のような柱を組合わせた屋根をさせ凛として鎮座していた。

登山者が参拝し、眺望に浸り、あるいは荷物をひろげたりして、恵まれた天候に感謝しているのが伝わってくる。

「旅の途中なれば」

柊三はまたそう呟きながら小銭をすべりこませ、あの男道は避けたいとの思いで成功と今後の安全を嘆息しながらやっと祈った。

両手を空に挙げて、安堵し、頂上のあちこちを歩きたかったし、麓で霊峰としての宝満山の歴史もさることながら、なだらかな山容が天空にあって宿世にかかせない唯一のものの美しさが望められて――その山頂にいることが今の柊三の信仰のような現実として一番の喜びであった。

山岳は個性に溢れながらそれなりの場所と必須を我々に与えてくれている。登山納めの遥か南国……八百二十九メートルの宝満山。胸中では抑え切れない叫びを発して、人生最後の楽園へでも来れたと、とにかくそんな気持ちが充満している。ついに発した。

「わあぁ……わあぁ……わあぁ……」

言葉になっていない、獣の吠える声か、人とすれば最小のものでこうなるのか。

何かが乗り移ってしまっていて、己を見失っている柊三になっている。

十二時でなかったか。とにかく無我夢中で頂上に辿りついたのだ、満喫しなければ、だがあの象徴巨岩をバックに記念写真を撮らなければ報告なる自慢ができない、証が大切な時代だからと立ち止まってきょろきょろすると、ああ、あの杖の人が山上の笑顔で近づいてくる。すかさず頼んだ。

「シャッターを切ってもらいたいんですけど」

アルミの文字版は消えていて、ただ巨岩に寄せて立て掛けたままなのだ。それを非常に腹立たしく思ったが、柊三はそれを持って永遠の一瞬になるだろうとVサインをして待った。中腹の水場で休んでいたので、「こんな処で飲めるなんて」と話をかわしてもいた彼。杖の男は、デジカメを返すと真顔で忠告してきた。

「すぐ下山しよう」

「えっ？」

早く登って早く下山は、特に高い山岳では鉄則だ。けど苦労の後の眺望をこの眼底に消えないように焼き付けたい。弁当なんかはどうでもいい。それにしても親身の忠告である。男道なる危険な岩場を下りたくないならこの巨岩をまわって一緒におりましょうときた。

逡巡するが、この山、宝満山のなせる神秘かと波だっていた不安を鎮めて払拭するし、同時に自分の整理されていない残っていたものも消滅させてしまいそうだ。山の友ってこうなんだ、これなんだ、柊三は欣喜雀躍となっていく。

「いや、でも、でもせめて仏頂山にも寄りたい」

「うん、それは途中で入れるから、……戻ってきて下山をすると中宮跡に出るから」

逡巡したが、当初からの予定を辿ることにして、天空の細道を行く。

切ない山情があったが、すぐに杖の男は消えて、なさねばならぬ柊三を賢慮にさせたのは、一人旅の再度の決意のあらわれだった。

天空の細道を急ぐ。入り口の表示に従って飛び込んでいく。行きつ戻りつを三度繰り返したが、あまり高低がないとはいえ時間を意識しては不安と恐怖心に襲われてくる。

「迷っているのか、それとも何だ?」

四度めの回り戻りで尖った斜面の脇を拝むことができた仏頂山。それではとすぐ次への思いが柊三を浸蝕してきている。

「引き返すか、でも望んだ天空での縦走になるだろう、勇気とチャンスと見届けていない魅力とあちらへのみやげと、登山の納め……」

そうなのだ、慎重に三郡山の方向へと急ぐ。グループが追い抜いていった。進む進む、

いか。

進むほどに遠くなっていくような、アップダウンと徑の変化と、一方ではこの判断でよかったのかと心細さも騒ぎたてている。と、前方から白っぽい服装の中年男が来るではないか。

「三郡山の後どうすればいいのだろうか」

「ウミにくだって」

「海？」

「宇美だよ、バスはいくらでも出ている、僕は車を登山口に置いたから戻っている」

このアドバイスは柊三に、ついに宇宙の美しい町へ行けかと喜ばせワンダフルを吐かせていた。迷いが一層深まっているようだが薄曇りになっているだけで天候に変化が感じられないから欲が出て目指す。徑が崩れかけている処に至った。

避難経路の看板があって、若い男がこの経路を調査する係だと言った瞬間、会社員ふうのピカピカ若く美しくしなやかな女性が戻ってきて止まって聞いてから、あっ、下りて見えなくなっていったではないか。しかしながら、この説明と女の下りていったことがよりどころの記憶ともなり、柊三は最後の三郡山へ必死になって目的へと焦る。

このまわりに舗装道路があって、放送塔か電波塔というのかがあった。それでも進むと道を挟んでそちら側に、金網に囲まれながらも三群山屹立。霞んで遠く小さくまた小さく人々の家並みが麓に連なっていて、柊三は岩々に登っては眼下を楽しんだ。今度こそ写真は駄目かなと思ったら救いが登って来た。

「シャッターをお願いしたいのですが」

お礼を述べてカメラをしまい込んでいると、同様に見て回った男は、舗装道路を歩いてさらに先へ下って行った。自分とは反対の方向への道だったから、もう、尋ねることを諦めてしまっていた。だが、宝満山と仏頂山と三郡山への登頂ができた感激はあるものの、これまで抱かされてきた諸々の不安なる問題が燻り、ガクンとなった。立ち止まり、歩みの鈍い動作に苦汁があらわれた。

舗装を越えてから同じコースを戻った。戻るが、誤算による男坂での危険意識が暗雲となり予定に組み込んでいなかった三郡山、不明なる下山……容赦なく無情なる刻々、登山口のことも忘れてしまいそうなのだ。

「ここだったな、ここも通って来たな」

引き返す径を進む。疲れたがすべて全て自分の責任なる判断で、もう時計をみることもできないで、非常食のビスケットを噛みながら、あの場所に戻った。柊三のひょっとしたら、この登山での最後の……最後の、いや……。重大な決断の瞬間だ。柊三だって、今日のために二週間は独自の訓練をしてきていた。迷いの場所に、小荷物がおかれていた。試みに下りて戻ることができなかった証なのか、アップダウンの下位で徑よりも狭く土砂崩れにもなっている。でも柊三は肚を決めた。時刻の記入ができなくもなっている。

下りる。古いロープが、垂直とはいわないが張ってある。しがみついて下る。細い木々に赤のナイロンテープがまきつけてある。見えなくなる、探す、動く。けれども酷くきついから動きがままならない。やっと賽の河原ならぬ岩石の斜面河原だ。ええ、ここはどこだと、飛んでは跳ねて止まる、止まれないと頭から突っ込んで打ち付ける心配となる。ドラマの階段どころではない困難。

そのうちに右のふくら脛が痛んできた。岩上で休む。動けなくなった俺はどうなる、それでも跳ね飛びうつりしていく。今度は、膝の皿が痛みだした。動けない、樹海の真っ只中でおれはどうなる、奇想天外な生き物が現れたらどうなる、距離も位置も時間の経過も判らない。何かに襲われたらどうなる、このままでこうなったらどうなる。まだ二つの痛みが続いても下りる、下りる。失心はしなかったが複雑で見通しがなくて、落胆。テープが巻かれていない。移動が容易ではない。青いテープもあったがこういう危機の場所にこそ省かないで親切に近くても巻き付けてくれ、おれはどうなる。どうなっても仕方がない。……しかしだ、妙な執拗さで人生を考えさせてくるではないか。時間だけは大切にしてきたが、悪口とか貶めとか地位とか人集めとか打算とか、まだあるかないかそんなことはしないで生きてきた。まだ人生への生き方を考えろというのか。絶体絶命でなにが人生だ、だからか。

山岳の中腹から裾野へは山襞が無数に走っていてどこまでもひろがっている。

「ここまでが、人生ていうあれか」

達観する柊三だから、不思議で大変な賽の河原でも下って下ってを続ける。

本当に独りぼっちでこんな処で、人が抱く負の重くて辛くて悲しくて先を望めないすべてに、黒くて力まかせの巨大な獣に捕らえられ締め付けられていると同じか。でも柊三なりに生きてきているぞ。そういうものなのかの恐怖をやっと払い退けていた。どうなっても何にも惜しいとか心残りはない。男として自分を生きてきた。世人は、弱い立場に見える者には親切ではなかったなの染み込みが走った。

「やはり最後の人生を問うているのか」

四時間も下っていたのだろうか。岩に腰を降ろして目をおとしたら、なんとシュウズの左縫い目が切れていた。五時間ぐらいにはなったか、樹海が割れて細い徑が見つかり、歩けないが歩いていると、あれっ、どこからともなく、希望のようにせせらぎが聞こえてきた。とすこし先に黒いものがいる。どちらも動かない、仕方ないから、柊三は大きめの岩を手にした。進む、進む、黒いものは動かない。対決か、進む、がそれは黒くなっているコンクリートの大きめなものだった……。

引きずって、ふらふらで、我が身なのか、でも麓ではない。何かに引きずられているように動く。意識が変になっている。と、昭和の森だと、へ出た。やっぱり過去を歩いている。

「そこで育って生きて、いまは平成の森で楽しんでいる、生きている」

歩く、歩く、進んでいる。と、なんだ。

「……だと、ケイムショ」

俺は年賀状を出しているのは、生きて生き続けたい証しなのだぞ。

首を振りながら、おれは今生きている、幻想にいるのでもない、歩いているから夢ではない、鞭うって歩いている、さらに、出っ張りをまわって、徑から道らしきになるが、屋根はなく人影なく車も通らず、遙かの彼方に小さく小さくあれが連なっているようなのだ。

もうあれを歩いているのか、仕方がない。連れていこうとしているのなら、せめてレールとか道を歩かせてくれ。冷たいビールかうまい酒でも呑ませてくれ、と柊三は冥土へとよたよたしている。

柊三は残っている意志で歩いては転倒する。とにかく戻りたいから歩く。また一時間か、五百メートルとか三百メートルとか耳に唆されて歩かされる。その後は身体不自由者になっている。やっとのバス停で最終バスが時刻表にない。座り込んでうとうとした。でも……次の瞬時に巡回バスがきて現世へ戻れたのだった。

そしてまた、ウトウトだらりの後、やっと八戸や十和田や階上や名久井や八甲田を思い、「明日からは家族を思い、日々を大切に、残されている時間を大切にしたい、元気に再々出発だ」と感謝を込めたような、そんな声を発した。

以後とくに、地理とか地学とかしばしば、しばしば口にする理化学の表面を歩いたと思いながらも軽視していたことに気づいてきていた。

十和田に戻ってからは、ガイドさんとか案内人さんの役割をいろんな角度から考えつづけてもいた柊三であったのである。そして、体力が衰えてきていたが、やはり山岳へ登りたいの気持ちは捨て切れないでいた。

そうしてあのバスは救いの神がまわしてくれたのかもしれない、云うならば女神があらわれたとするだろうと、微笑む柊三の毎日になっていた。

あとがき

すべてでスタートがおそかったから、結果的に度々とりあげられる山岳には登れなかった。ただ、小山田玲子は若いときから、友達やグループや山岳会で、北から中央から南は沖縄の屋久島、はては海外へも何度か出掛けたりして、私の不足分を補ってくれて、いつも解説を聞かされてきました。鎖とか岩の瓦礫の急登、数多い登山証明書、頂上近い岩の尾根、……岳雑誌での紹介などのこと。でも、どちらもアルバムはあります。ただ現在は高齢になっていて登る勇気が出なく、体を動かすことも止めてしまいました。

始めのころ、富士山や富士五湖を案内してくれたのが、大月市の井上正規氏で忘れられません。すばらしい印象の数々でした。子どもらはバスケットとか野球部に入っていたから安心でした。

あの頃はフイルムを現像して写真にしました。ここに至って、小山田玲子への最初の頃の案内人・協力者・助け人の数枚を載せたいので許容していただきたい。失礼の段はお許しをお願いして、いろいろありがとうございました。感想などは歓迎いたします。山岳を想いだして愛する方々よ、さようなら。

ここで忘れていけないのは社長の佐藤聡氏、社員や関係機関の皆様です。出版に関してお世話になり誠に有難うございました。

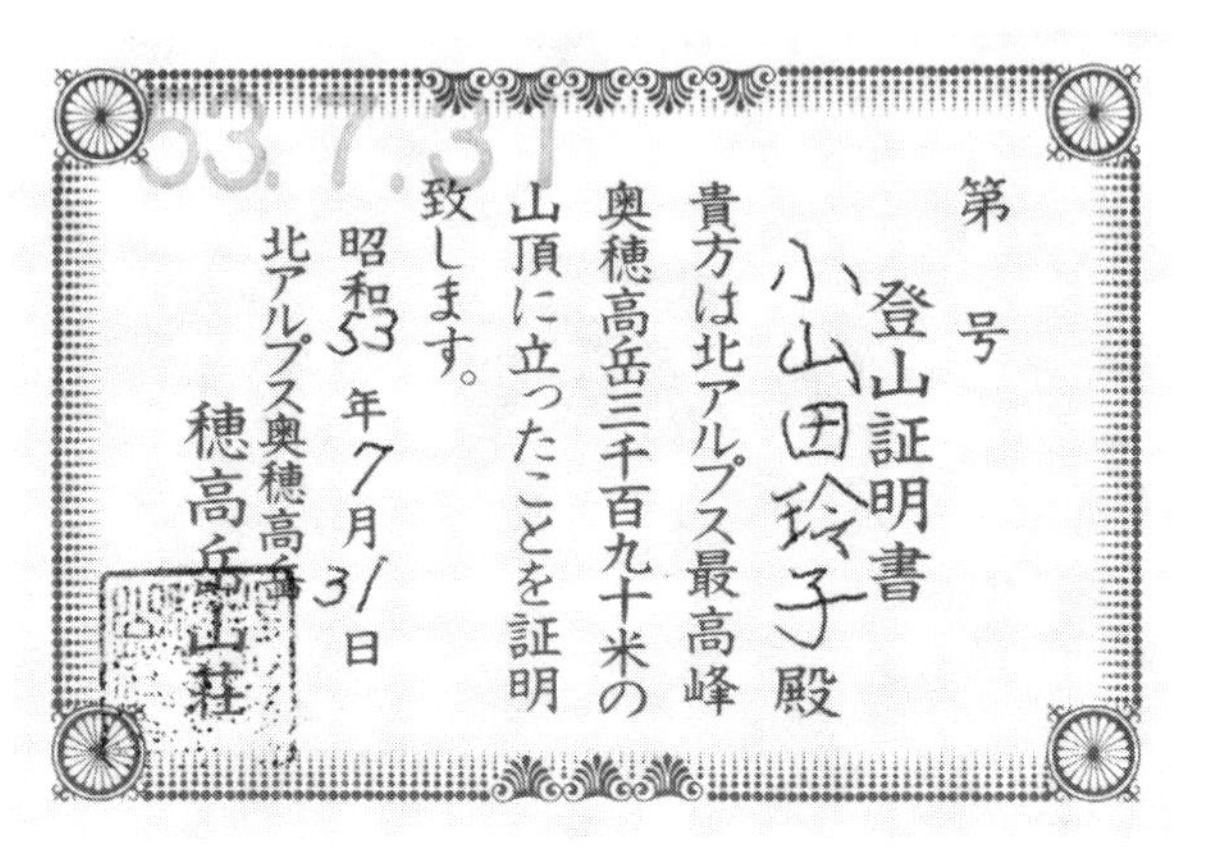

53.7.31

第　号

登山証明書

小山田玲子殿

貴方は北アルプス最高峰奥穂高岳三千百九十米の山頂に立ったことを証明致します。

昭和53年7月31日

北アルプス奥穂高岳

穂高岳山荘

2016.04.06

【著者紹介】

小山田　良三（おやまだ　りょうぞう）

昭和11年10月14日生
職業･元、教員（国学院大で四年間学び、十和田に戻る）
〈略歴〉
昭和46　短編小説「甲虫」、東奥日報入選
　　47　文芸誌「きゆそう」一号創刊に加わる
　　50　短編「夕焼けを見においで」、国語上北15号
　　61　文学教育基本用語辞典（国語教育№0362 86/4　臨時創刊、明治図書）一部執筆
平成11　退職後はじめる。短編「麓が遠い」、県文芸コンで文学準賞
　　12　短編「鮭のカーネーション」、文芸コン文学準賞
・「思い出の山岳句」の掲載を続ける（かりがね）
13　短編童話「こっちへこいよ」年刊童話集1に掲載
・　詩「山岳へ」、十和田市・山岳会30周年記念誌へ
15　短編童話「子どもと老人」、コスモス文学に掲載
・「トンボちゃん」、八戸童話会80周年　一般佳作
・　中編「麗しき日々」コスモス文学掲載
・　小説「町と森のカラス」、新風舎出版化奨励作認定証賞（未発表）
16　短編童話「ケンタの話」コスモス文学に掲載
・　中編「星影のワルツ花クラブで」コスモスに掲載
・　十和田市文化奨励賞
・　短編童話「あの岩場へ」三潮に掲載
17　短編「ああ、犬のしっぽ」 92回（全国公募）コスモス文学新人賞奨励賞
・　中編「高校時代からの友が言う」コスモスに掲載
・　短編「年賀状」 三潮に掲載
18「花花花」97回（全国公募）　コスモス文学新人賞奨励賞
19　超短編「友の訪れ」日本文学館編感謝の言霊に
・　中編「鞍馬のタビダチ」101回（全国公募）コスモス文学新人賞
20　長編「拝啓、将来のある若き皆様よ」105回（全国公募）　コスモス文学新人賞奨励賞
21　掌編「あれは」111回（全国公募）　コスモス文学新人賞奨励賞
22　中編「海岸まで」 日本文学館出版大賞　ノベル部門　特別賞
24　（十和田市福祉協議会からボランティア表彰状）、十和田市詩グループ「新詩派」に加入
三潮（県厚生会）に、「弔辞」、「ある手記」、「道でひろった……」、「赤い小石」、「あれが階上岳だよ」、「傳翁を見た」、「三原色～」、「生きて老いて」、「生の吐露」他。
26年度　県知事県民文芸コンで詩準賞（一席）
28年度　県文芸コン詩県知事賞
〈未発表作品〉
誠司の流儀　99枚、ソクラメロの陳腐な悲劇　90枚、ああ、痛い　81枚、北のシシュポス　100枚、クロスワード・タイムパズル　100枚、遠い国　250枚（未完）、男街道　100枚、時と空　104枚、怖さが押し寄せる　100枚、黄泉の路を歩いている　100枚、短編　他
28　十和田市「読書を楽しむ会」講師1年
29　県文芸コン詩県知事賞

想い出としての山岳句　──やがて憶い出となるように

2021年11月12日　第1刷発行

著　者 ── 小山田 良三

発行者 ── 佐藤 聡

発行所 ── 株式会社 郁朋社

〒101-0061　東京都千代田区神田三崎町 2-20-4
電　話　03（3234）8923（代表）
ＦＡＸ　03（3234）3948
振　替　00160-5-100328

印刷・製本 ── 日本ハイコム株式会社

 ISBN978-4-87302-748-7 C0092